シートン動物記

原作・アーネスト・T・シートン
文・正岡慧子　絵・木村 修

世界文化社

シートン動物記

目次

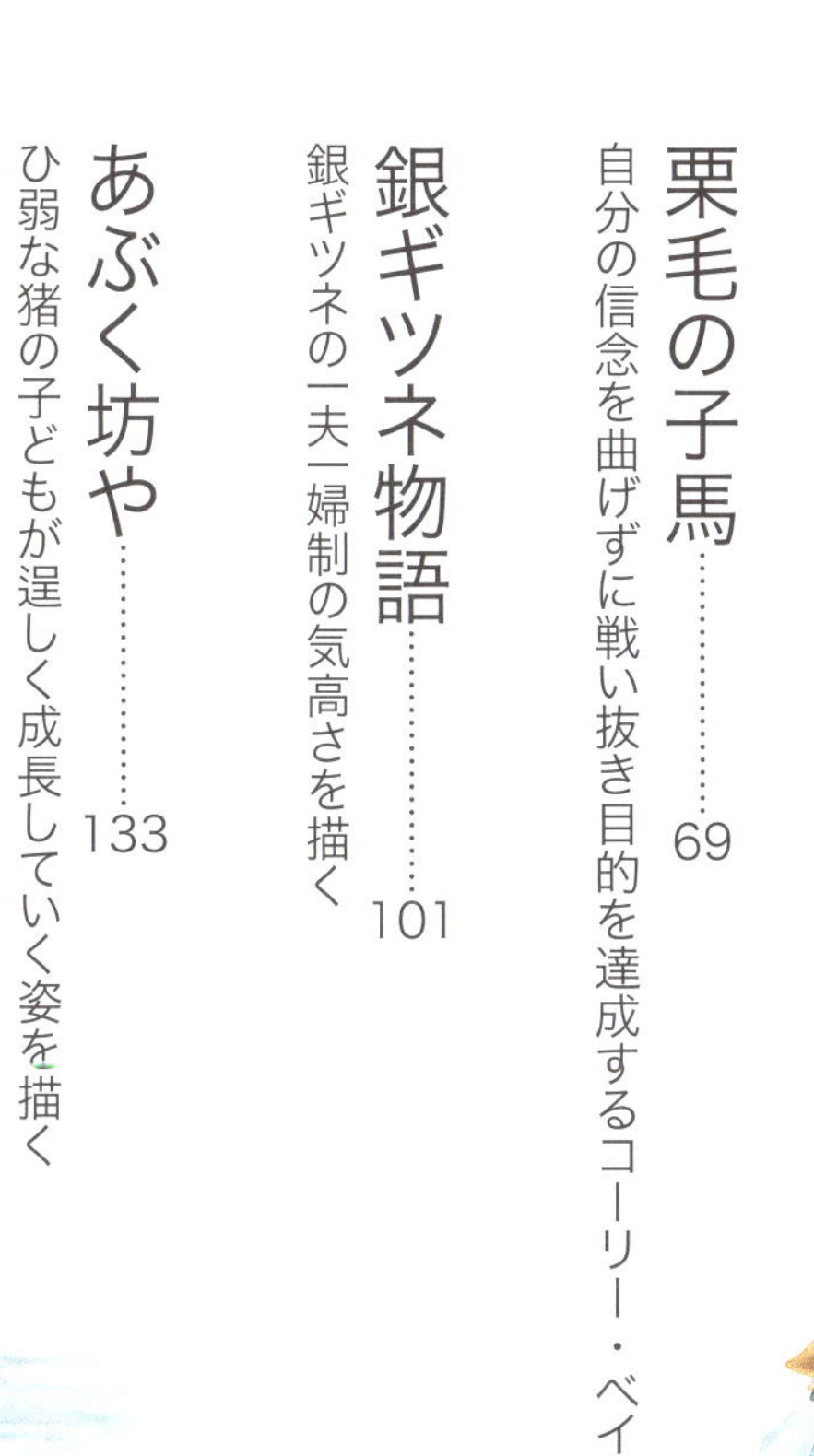

カバーデザイン／鷹觜麻衣子
本文デザイン／新井達久（新井デザイン事務所）
校正／株式会社円水社
編集／飯田 猛

シートン動物記

オオカミ王ロボ

アメリカの
ニューメキシコ州に
カランポーと呼ばれる広い
高原がありました。
人々はそこに牧場をつくり、
たくさんのヒツジやウシを
飼っていました。
でもここには、
困ったことが一つありました。

オオカミが、ウシやヒツジをねらって
やってくるのです。
なかでも恐れられていたのは、
「オオカミ王ロボ」と呼ばれる
灰色オオカミが率いる一群でした。
わずか5頭の灰色オオカミたちでしたが、
ひとたび彼らに襲われると、あとには見るも無惨な
家畜のしかばねが大量に残されました。
ロボは頭もよく、人間たちのワナやしかけを
見破る力にも長けていました。

「シートンさん、一度こちらに来てくれませんか。
この5年間、
毎晩のように上等の雌牛がやられているんです」
牧場主である友人から頼まれて、わたしは
すぐにこの地へやってきました。
オオカミ退治には自信があったからです。
調べてみると、あたりは鉄砲を持って
馬で追いかけるには向かない地形でした。
わたしは特別に作った毒をウシの肉の中に入れ、
あちこちにまいてみることにしました。

次の朝、
毒入りの肉を置いたところへ行ってみると、
肉がなくなっているではありませんか。
特大のロボの足跡も残されています。
「しめた！　ロボが毒入りの肉を食べた」
わたしは足跡を追いかけました。
足跡は次の肉の場所まで続き、
そこに置いた肉もなくなっています。
「やった！　ついにやったぞ」
わたしはもう有頂天でした。

ところが、
4番目の肉のところまで行くと、
4つの肉が積み重ねられ、
その上に糞がしてあったのです。
「やられたーっ！　なんてヤツだ」
ロボは肉に毒が入っていることを
見破っただけではなく、
わたしをからかったのです。

こんなに頭がいいロボを
どうやったらやっつけられるか、
わたしは毎日真剣に考えました。
カウボーイたちの話では、群れの中に
白いオオカミがいるとのこと。
「おれたちは、
ブランカって呼んでるんですがね、
あれはロボのかみさんですよ。
ロボより先を走るのは、あいつだけ
ですから」
わたしは、いいことを
思いつきました。

まずウシの死体を茂みに置き、
そこから少し離れたところへ
まるでいらないもののように
ウシの頭を投げ捨てておきました。そして、
いずれの場所にもワナを数個しかけると、
その上をコヨーテの毛ではいて
ワナの臭いを消しました。
（たぶん、ロボはこのワナにかからないだろう。
でもロボの命令を聞かないブランカなら、
このウシの頭に近寄ってくるかもしれない……）
わたしは、死体の臭いを確かめたがる、
オオカミの習性に望みをかけたのです。

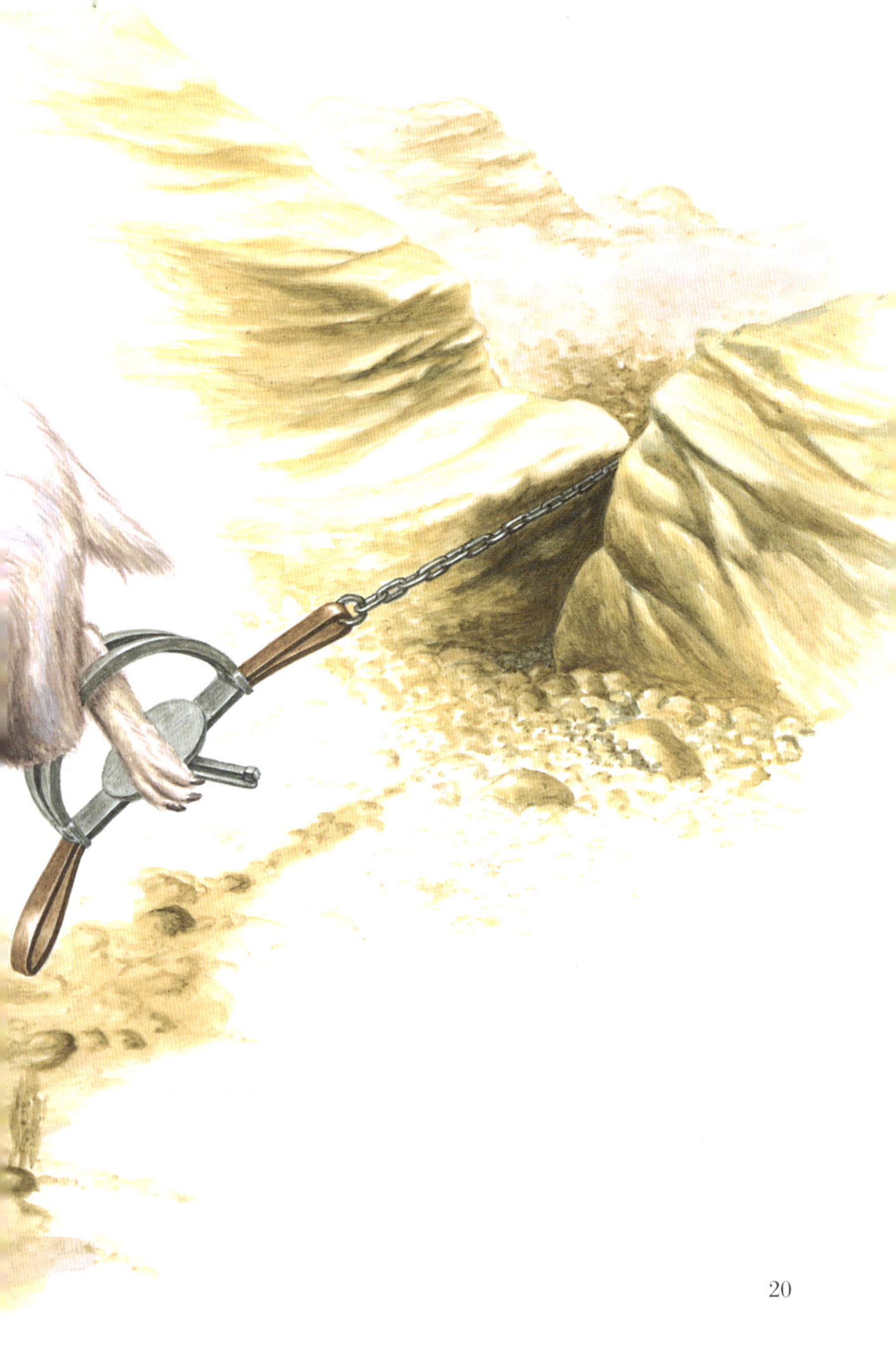

思ったとおりでした。

朝、わたしが見まわりに行くと、ウシの頭がなくなり、ワナを引きずったあとがありました。そのあとを追って行くと、いたっ、いました。ブランカがウシの頭を岩に引っかけてもがいていたのです。

オオオーン、オンオン！

ブランカがロボに助けを呼ぶ声が
谷間にこだましました。

オオオーン、オオオオーン！

ロボも答えます。
ブランカとロボの吠え声は
いつまでもやみません。
「ブランカの始末をしたほうが
めんどうがないかもしれませんよ」
カウボーイたちが言いました。
わたしはうなずきました。

ロボはブランカをさがして狂ったように走りまわっています。いつもの用心深さもなく吠えながらさまようロボの声を耳にして、仲間のカウボーイがしみじみと言いました。

「ロボがあんな声で哭くのを、おれは聞いたことがねえ」

わたしはロボの通りそうな道のすべてに、がんじょうなワナをいくつもしかけて待ちました。

「ロボがワナにかかったぞーっ！」
カウボーイの知らせで行ってみると、
灰色の大きなオオカミがいました。
わたしが近づくと、
うなり声をあげて飛び上がり、
わたしに噛みつこうとしました。
動くたびに足がワナにくいこんで、
ロボは血だらけになっていきました。
仲間に何か伝えようとしているのか、
ウオオオー、ウオー、ウオオーと
するどい叫び声をあげ続けます。
でも、それに答える声は
どこからも聞こえてきませんでした。

わたしはライフル銃で
ロボをおさえようとしました。
するとロボは歯形がつくほど強く
銃に噛みつき、憎しみと怒りに
燃えた目でわたしを見ました。

「殺さずに生け捕りにしよう」
わたしは投げ縄を投げ、ロボのからだを
がんじがらめにしばりあげました。
すると、急にロボは暴れるのをやめ
動かなくなりました。
まるで、「なにもかも終わった。
どうにでも好きにしろ!」と、
あきらめたかのようです。
ウマに乗せて牧場に運ぶ間も、
ロボは静かに山のほうを
ながめているだけでした。

牧場に着いて、
わたしはロボをくいにつなぎました。
ロボはもうされるがままでしたが、
ロボの目は、ずっと山のほうを
向いていました。
一日じゅう水も飲まず、えさも食べず、
ただ静かに自分の暮らした山を
見つめているだけ。
わたしたちと目を合わせることは、
一度もありませんでした。

次の日の朝、やはりロボは
山のほうを向いたまま死んでいました。
ブランカも手下も自由も、
すべてをなくしてしまったロボの最後でした。
わたしはロボをブランカの死体のそばに運び、
いっしょに埋めてやりました。

なかよく天国へ行くがいい。
おまえはまちがいなくオオカミの王だった。
わたしの胸に、熱いものがこみあげてきました。

LOBO

シートン動物記

アライグマのウエイ・アッチャ

北アメリカのキルダー川のほとりに、
アライグマの親子が住んでいました。
お父さんとお母さんと子どもが5匹。
子どもの中に、とても元気な
いたずらっ子が1匹いました。
そう、のちにウエイ・アッチャと呼ばれる
アライグマです。

ある満月の夜のこと、
子どもたちは初めて川に
連れて行かれました。
魚やカニの捕り方を
教えてもらうためです。
「さあみんな、
母さんのすることを
見ているのよ」
母さんの長い指は、
とても上手に獲物を
捕まえることができます。

子どもたちは母さんを見習って、水をかきまわします。
みんな、ワクワクする気持ちを抑えられません。
ところが、突然母さんアライグマが鼻をうごめかしました。
　フン、フン、フン
「何だか危険な臭いがするわ。別のところへ行きましょう」
じっと耳をすませていた父さんアライグマも、うなずきました。
でも1匹だけ、みんなに隠れてそこに残った坊やがいます。

いたずら坊やは、ひとりで川上のほうへ
どんどん歩いて行きました。
「ぼくはひとりで何でもできる。
おや、何だか、おいしそうなにおいがするな」
川に前足を入れてかきまわしました。
　バチッ！
大きな音がして、
前足を何かにはさまれました。

「ギャーッ！」
びっくりした坊やは
川の中へ転がり落ちました。
母さんの言った危険な臭いは
人間がしかけた
ワナの臭いだったのです。
「母さーん、痛いよー
父さーん、助けてー！」
でも坊やの声は誰にも
とどきません。

夜が明けると、
　ザッ、ザッ、ザッ！
誰かの足音がしました。
坊やはもう力つきて、
何をする元気もありませんでした。
「あれ、ジャコウネズミを捕ろうと
思ったのに、アライグマの子が
かかっちゃったよ」
ワナをしかけたのは
ネイティブ・アメリカンのピートでした。
ピートはぐったりとしている
アライグマをポケットに入れました。

ピートは帰り道、
知り合いのピゴットさんの家に寄りました。
「わあー、かわいい！　ねえ、飼っていいでしょ」
「お願い、お父さん」
ピゴット家の子どもたちは、
小さな子どものアライグマを見て大騒ぎです。
「しょうがないな」と、お父さんはうなずきました。

アライグマの坊やは、
ウエイ・アッチャという名前をつけてもらい、
家族のみんなにかわいがられました。
毎日子どもたちと遊び、人間と同じ食べ物を食べました。

「エルル、エルル……」

ウエイ・アッチャは甘え上手です。
でも、ジャムのビンを開けて全部なめたり、
ニワトリ小屋のタマゴを全部割ってしまったり、
いたずらが大好きで
ピゴットさんのおくさんにはしかられてばかり。

そんなある日、
家族が町に出かけたあと、
ウエイ・アッチャは
机の上のインクつぼに目を止めました。
ふたを開けると、いつものくせで
中に前足をつっこみます。
黒いインクが流れ出しました。
　ペタ、ペタ、ペタペタペタペタ
「わあ、おもしろいな、おもしろいな」
インクのついた足で歩くと、足跡がいっぱい。
ウエイ・アッチャは家じゅうに
足跡をつけていきました。

「もう、かんべんできないぞ！」
かんかんに怒ったのはお父さんです。
子どもたちも、さすがにもうかばってやれません。
お父さんは、ウエイ・アッチャを
ピートに返すことにしました。
ピートは大喜びです。売ったアライグマが、
またただで手に入ったのですから。

ピートは嬉しそうに、
ウエイ・アッチャを袋に入れて
家に帰りました。
「さて、こいつをどうしよう。
そうだ、いい考えがあるぞ」
ピートは手を打って、
にんまりしました。

ピートはイヌを飼っていました。
イヌに狩りをさせる訓練にウエイ・アッチャを
使おうと思ったのです。
毎日、ウエイ・アッチャを庭に放しては、
イヌをけしかけました。
「行け！　追いかけろ！」
ウエイ・アッチャは何が何だか分からずに
必死で逃げまわりました。
「いままで、
人間はぼくにやさしかったのに、
いったいどうしたんだろう」

何日目かの朝、
「よし、訓練は終わりだ。今日は森で
本物の狩りをしてみよう」
ピートはまた、ウエイ・アッチャを
袋に入れて、森へ出かけて行きました。
　ワン、ワン、ワン
イヌも張りきってついてきます。

ピートはまず、
イヌを木につないでから、
ウエイ・アッチャを袋から出しました。
イヌはウエイ・アッチャを
早く追いかけたくて、
飛び跳ねながら吠えました。
「こら、じっとしろ。こら!」
ピートはウエイ・アッチャが
逃げ始めたら、
すぐにイヌを放すつもりでした。

ところが、あせればあせるほど、
のびきったひもははずれません。
チャンスだ！
ウエイ・アッチャは森の奥へ向かって
おもいきり走って逃げました。

ウエイ・アッチャは
一番太くて高い木をさがし、
大急ぎでてっぺんまで登りました。
「逃げるときは、高い木の上だ」
父さんと母さんが教えてくれたことを
思い出したのです。
やっとのことでひもをはずし、
追いかけてきたピートたちは、
ウエイ・アッチャをさがしましたが
とうとう見つけることができませんでした。
ピートはついにあきらめて、
イヌに文句を言いながら帰っていきました。

夜になるまで、
ウエイ・アッチャは茂った葉っぱの陰で
じっとしていました。
あたりが真っ暗になると、
そっと木を降りて、
あとは走って、走って、走り続けました。
森の匂いが、あのなつかしいキルダー川を
思い出させてくれたのです。
父さんや母さんやきょうだいのいる
キルダー川をめざして、
ウエイ・アッチャは走り続けました。

ウエイ・アッチャの故郷、
キルダー川のほとりにある森は
穏やかな日の光の中にあります。
数ヶ月の放浪から帰った息子を
家族はどう受け入れたのでしょうか。
臭いで繋がっているアライグマのこと、
きっとこの森のどこかの木の上で
幸せな再会を果たしたことでしょう。
そして、多くの危険が地上にあることを
学んだウエイ・アッチャの未来にも、
森は静かに守りの手をさしのべて
くれるはずです。

シートン動物記

栗毛の子馬

アメリカ、アイダホ州のある牧場に、
誰の目にもとまるほど美しい
オスの子馬がいました。
体の毛は栗色でたてがみと尾が
真っ黒でしたので、
コーリー・ベイと呼ばれていました。
コーリー・ベイは足が速く、
走るのが大好きでした。
柵やみぞがあっても平気で飛び越え
いつも牧場じゅうを
風のように走っていました。

コーリー・ベイは、
たくましく育っていきましたが、
とにかくじっとしているのが大嫌い。
たとえ嵐でも
馬小屋に閉じ込められるより
外にいるほうが好きでした。
コーリー・ベイは牧場の誰にも従わず
いつも自分のやり方で自由に暮らしました。

やがてコーリー・ベイは3歳になり、
力みなぎる美しい若馬に成長しました。
人が乗れるように訓練する時期がやってきたのです。
ところが、調教師に預けられたコーリー・ベイは、
「いやだ、いやだ。人なんか乗せるもんか」
まるで体じゅうでそれを示すように、
背中を丸めて暴れまわりました。

けれども調教師は馬の扱いがとてもうまく、
コーリー・ベイがいくら反抗しても無駄でした。
暴れれば暴れるほど、
ムチと靴で蹴られる回数が増えるばかり。
3か月が過ぎるころ、やっとコーリー・ベイは
調教師の言うことを聞くようになりました。

調教を終えて、飼い主といっしょに
牧場へ帰る日のこと。
コーリー・ベイは突然、後ろ足を
ずるっずるっと引きずりはじめました。
「おかしいな、どうしたんだろう。
しばらく様子を見るしかないな」
3日後、よくなったように見えたので
飼い主が鞍を置いて乗ってみると、
またずるっずるっと足を引きずります。
何度繰り返しても同じでした。
「だめだ！　こんな馬は役に立たない！」
飼い主は腹を立てて、コーリー・ベイを
安く売ってしまいました。

コーリー・ベイを買った男は
いい馬が手に入ったので大喜びでした。
ところが1キロも行かないうちに
馬が足を引きずりだしたのです。
男が降りて調べようとしたら、
馬は急に走り出して
もとの牧場にかけもどりました。
「とんでもないヤツだ。冗談じゃない」
怒った男は、今度はコーリー・ベイの
腹をけり続け、一度も休ませず
自分の牧場まで走らせました。

コーリー・ベイが新しい牧場についた夜、おかしな事件が起きました。

隣の野菜畑が馬に荒らされたのです。

「おれのだいじな野菜が台無しだ。どうしてくれる！」

隣からどなりこまれた牧場主は、

「うちの馬がやったって？　牧場は2メートルの柵に囲まれているんだ。馬がどうやって飛び越えるんだ。よその馬がやったにきまってるだろう」と、どなりかえしました。

ところが、畑は毎晩荒らされました。
喧嘩を毎日繰り返していた二人は、
とうとう見張りをすることにしました。
月の明るい晩でした。
静かな牧場を1頭の馬が、垣根のほうへ走ってきます。
あの栗毛の馬コーリー・ベイです。
コーリー・ベイは2メートルの柵を
ひらりと飛び越えました。

「ほら見ろ。やっぱりおまえの馬だ」
隣の男が言いました。
「わかった。だが野菜の損害はたかだか10ドルだ。
あの馬は100ドルはする。わしに25ドルくれたら
馬をおまえさんにゆずるよ」
「いや、野菜の損害は25ドル。あの馬の値打ちも
そんなもんさ。あいつをただでもらおう」
コーリー・ベイは隣の男のものになりました。

HORSE FOR SALE
$10
Healthy and gentle, a very nice one

しかし、コーリー・ベイは
隣の男の手にも負えませんでした。
すぐに立て札が立てられました。
馬売ります　10ドル
健康でおとなしい馬

ちょうどそこへ、クマ狩りに行く
猟師たちが通りかかりました。
「もっと安い馬はないかね。
クマのえさにする老いぼれを
探しているんだ。5ドルしかないよ」

「しかたない。手をうとう」

隣の男は、コーリー・ベイを売ってしまいました。

「しかし、おまえさん。こんな見事な馬をどうして5ドルで手放すんだね」

猟師は不思議そうに聞きました。

「そいつには乗れないんだ。すぐに足を引きずるし、とんでもない時に暴れるんだ」

「ほう、それならクマのえさにしてもいいな」
猟師たちは馬を連れて出発しました。
コーリー・ベイは足を引きずりながら、
山道を進んでいきました。

山を登るにつれ、道はどんどん険しくなりました。
ある日、沼を渡ろうとした時、
1頭の馬がぬかるみにはまって動けなくなり、
猟師たちは馬を引き上げるのに夢中になっていました。
今だ！
コーリー・ベイはくるりと向きを変えると、故郷をめざして
黒いたてがみを風になびかせながらかけだしました。
走る馬の姿は、みるみる猟師たちの視界から消えていきました。

「大丈夫、おれにまかせて！」

すぐに、クマ狩りチームの案内人が馬に飛び乗って追いかけました。

彼はこのあたりの山をよく知っていましたので、先回りをして馬を待ちかまえるつもりです。

コーリー・ベイは捕まりました。

「もどるんだ！」

コーリー・ベイは頭をふりたてて反抗しましたが、とうとうあきらめてまた足をひきずりながら山道を帰っていきました。

やがてクマが住んでいる
山にはいると、二人の猟師が
コーリー・ベイをクマの出る
草地へと追っていきました。
コーリー・ベイは悲しげに頭をたれ
足をひきずって
追われていきました。
「ここでいいだろう」
猟師たちはうなずきあいました。
とうとう最後の時がきたのです。
馬に課せられた運命に逆らい、
闘い続けてきた
コーリー・ベイの終わりが……。

明るい太陽の光が、
栗毛色のつややかな背中ではね返り、
まぶしく光っていました。
猟師がピューッと口笛を吹くと、
コーリー・ベイは
頭を高く持ち上げました。
猟師はひたいの真ん中にねらいを
さだめると、

　パアーン！


銃声が山じゅうにとどろきました。

コーリー・ベイは身をひるがえし、
矢のように走り出しました。

「しまった！」

タマははずれたのです。

コーリー・ベイは、
故郷とは反対の方向へ走りました。
小道を下り、林を抜け、川を渡り、
走り続けました。

いくつかの丘を越えると、
目のまえに緑の平原が広がり
野生の馬の群れが小さく見えました。

ヒィーン！　ヒィーン！
コーリー・ベイが声高くいななくと、
群れからも返事が返ってきました。
そのいななきは、彼の心の中にひそむ
自由の魂と同じものでした。

（ぼくの居るべき場所はここだ！）
新しい旅の始まりでした。

シートン動物記

銀ギツネ物語

ここはカナダに近い北アメリカ
ニューイングランド地方にある農場のそばです。
春の日ざしのなかで、キツネの親子が遊んでいます。
1匹だけ、毛並みの黒いオスの子ギツネがいました。
子ギツネは目の上に黒いスジがあり、
まるで仮面をつけているような顔をしていました。
名前はドミノ。ドミノはきょうだいの誰よりも足が速く、
毎日巣穴のまわりをかけ回り、
母さんギツネに心配ばかりかけていました。

そんな子ギツネたちも、
秋になると今までいた巣穴を
出ていかなければなりません。
それがキツネの世界の掟です。
ある日、ドミノも今まで暮らした巣穴を
後にし、新しい生活に向かいました。
やさしかった母さん、
父さんが猟師に殺されてからは、
家族を守ってくれたのも母さんでした。
いっしょに遊んだきょうだいたちとも、
今日は別れ別れになる日です。

冬がきました。
ドミノの黒い毛の先が白くなってきました。
まるで体じゅうが
銀色に輝いているように見えます。
ドミノは銀ギツネだったのです。
ある日、丘の上であたりをながめていると、
雪の野原をメスのキツネが走っているのが
見えました。
何だか急に胸さわぎがし、ドミノは思わず
声をあげて呼びかけました。
アオーウ、ルルルルル、ヤップヤップ
冬はキツネの結婚の季節でした。

ドミノは走っていくキツネを
追いかけました。
ところが、途中からオスの赤ギツネが1匹
割り込んできました。
逃げるメスギツネを追いかけて、
にらみ合いながら、
小競り合いを繰り返しながら、
2匹のオスギツネは走り続けました。
しばらくすると、メスギツネが走るのをやめ、
ドミノのそばへ近寄ってきました。
結婚相手として、ドミノが選ばれたようです。
赤ギツネはしぶしぶ去っていきました。

ドミノのおくさんになった
キツネの名前はスノーイラッフ。
首のまわりが白いかわいいキツネです。
2匹はとても仲よく暮らしました。
狩りをする時も力をあわせます。
ガンの群れを見つけると、
スノーイラッフがわざとガンの前で
ごろごろ転がったり、飛びはねたりして
近づいていきます。
「何をしてるんだ、あのキツネ?」
ガンたちは用心深く後ずさりをしながらも、
気になって飛び立つことができません。

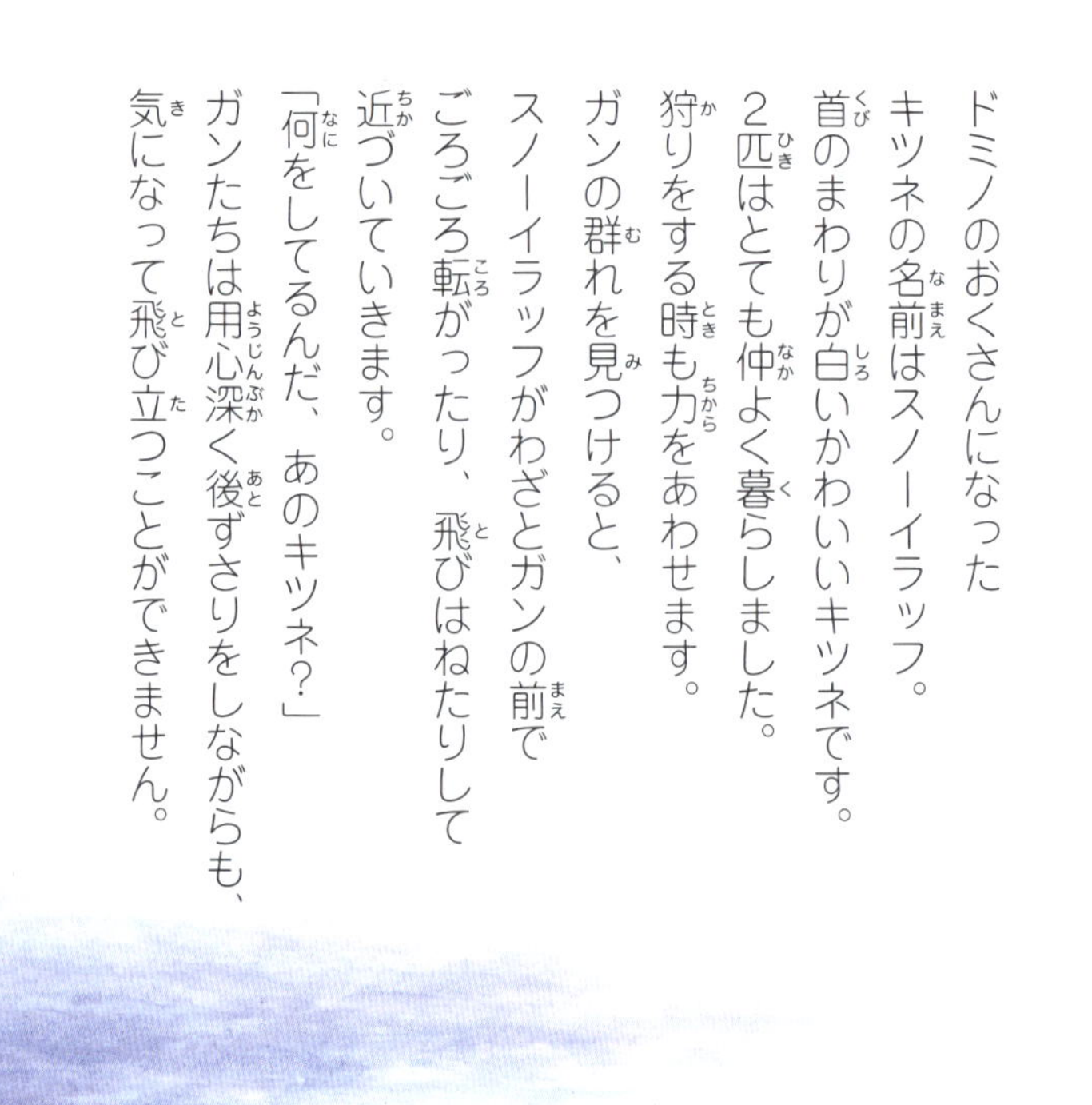

ガンたちは知らず知らずのうちに、
ドミノが隠れている茂みのほうへ
近寄っていきます。

ダッ！
突然ドミノがものすごい速さで飛び出し、
1羽のガンに飛びかかります。
狩りはいつも大成功でした。
ドミノとスノーイラッフは
この追い込みと待ち伏せの協力によって、
数限りなく狩りの喜びを分かち合いました。

山の雪が溶け始めるころ、
スノーイラッフは
お腹が大きくなってきました。
もうすぐあかちゃんが生まれるのです。
巣の中にいることが多くなりました。
ある日、ドミノが牧場の近くへやってくると、
柵の中でヒツジが走りまわっているのが
見えました。
「いったい、何事だ？」
よく見ると、ヒツジを追い回しているのは
イヌでした。
イヌはただ追いかけているのではありません。
遊び半分に、ヒツジをかみ殺しているのです。

「何といういやなヤツだ！」
ドミノが呆れていると、
　ズドーン！
突然鉄砲の音がして、
ドミノは驚いて飛び上がりました。
「あっ、銀ギツネがいるぞ」
ずるいイヌは、
あっという間に茂みのかげに走り去り、
人間たちが見たのは
野原を逃げるドミノの姿だけでした。

「こんなにヒツジを殺しやがって、
今までのヒツジ殺しも、
きっとヤツの仕業だな」
「ようし、キツネ狩りをしようじゃないか」
「あいつ銀ギツネだったな。
毛皮も高く売れるぞ」
「そりゃあいいや。さっそく準備しよう」
ドミノはとんでもない
ぬれぎぬをきせられてしまったのです。

ところが、
キツネ狩りを始めた人間たちが
最初に見つけたのはドミノではなく、
スノーイラッフでした。
お腹に子どものいるスノーイラッフは
いつものように速く走れません。
　アオオオオウー！
スノーイラッフは絞り出すような声で、
ドミノに助けを求めました。
ドミノは風のように飛んでいきます。
見ると、スノーイラッフを追いかけて
先頭を走っているのは、
あのヒツジ殺しのイヌでした。

ドミノは、わざとイヌたちのほうへ
近寄りました。
イヌも人間も自分のほうに引きつけて
スノーイラッフを助けようと考えたのです。
「来たぞ、あの銀ギツネだ。追いかけろ！」
（大丈夫、心配いらないよ、スノーイラッフ。
イヌたちは、あとでまいてしまうから）
ドミノがそう思ったとたん、
　ダーン！
鉄砲の弾がドミノの脇腹をかすりました。

ドミノは力の限り走りました。
足の裏から血が出てきました。
鉄砲の傷もじんじん痛みます。
あのイヌがしつこく追いかけてきます。
ほんとうにいやなヤツです。
ドミノはだんだん疲れてきて、
もうどっちに逃げたらいいのか
わからなくなってきました。
「しまった!」
川に出てしまったのです。

川にはまだ氷のかたまりが、
いくつも残っています。
（今、川に飛び込んだら、
あっという間に凍え死んでしまう）
ドミノは途方にくれました。
その時、目の前の岸に氷のかたまりが
ドンとぶつかりました。
「よし！」
ドミノはそのかたまりの上に
飛び移りました。

氷はどんどん流されていきます。
ぐるぐる回りながら
ぐらぐら揺れながら
流れていきました。
追いついてきたイヌには、
ドミノのような勇気はありません。
岸でただワンワンと吠えるだけ。

ところが、
イヌが立っていたところは、
岸辺の氷が溶けずに
残っていたところでした。
吠えるイヌの重みで、
その氷がガクンとはずれ、
イヌもドミノと同じように、
氷に乗って川を流れていきました。
キャイ～ン、キャイ～ン
イヌはどうすることもできず
ただ吠え続けています。

2匹が流されていく先には
大きな滝がありました。
滝に落ちたら命はありません。
ドミノはただだまって夜空に浮かんだ
三日月を見ていました。
スノーイラッフの顔が重なります。
その時です。
ドミノの乗っている氷が岸のほうへ
ぐーっと寄りました。
ドミノはありったけの力をふりしぼって、
岸へ飛びました。
イヌの姿はもうどこにも
見えませんでした。

また春がめぐってきました。
穏やかな日差しに包まれて、
子ギツネたちとじゃれているのは
母さんギツネになったスノーイラッフ。
ドミノは少し離れたところで見張りです。
あの事件以来、ドミノとスノーイラッフは
ますます心が通いあうようになりました。
子ギツネたちが去る秋、
そしてまた生まれる春
命のめぐりを繰り返しながら
ドミノとスノーイラッフは、
これからも仲良く暮らしていくでしょう。

シートン動物記

あぶく坊や

ヒン、タララ、ラララララ
コマツグミの声が聞こえます。
森はもう夏の始まり。
大きな木の根っこにある穴の中に、
イノシシのお母さんと生まれたばかりの
子どもたちがいます。
子どもたちは体を寄せあって
お母さんのおっぱいに
吸いついていました。

子どもたちの中に、とびっきり元気な坊やがいました。
母さんが地面を掘って食べ物を探すのを見ると、
すぐにまねをしてプフフフ、プップッと土を掘ります。
そして母さんと同じように、真っ先に匂いをかぎます。

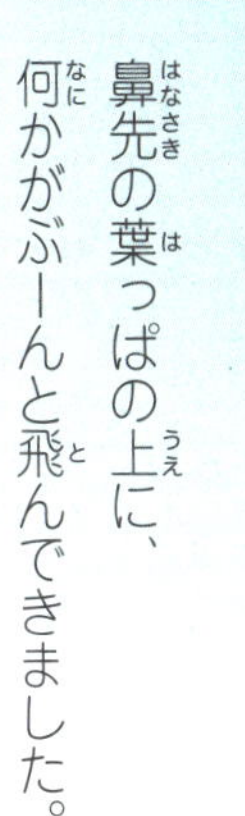

鼻先の葉っぱの上に、
何かがぶーんと飛んできました。
「あれっ、なんだろう？」
坊やはいつものように
鼻をプフプフ。ブヒャーッ！
イノシシの坊やは
飛びはねました。
鼻の先を刺したのは蜂でした。
あまりの痛さに、
あごをパフパフ、鼻をプフプフ。
泡が顔じゅうに吹き出ました。
この知りたがりやの坊やが
これからお話しする
あぶく坊やです。

リゼットは13歳。
森のすぐそばに住んでいます。
リゼットがあぶく坊やに出会ったのは
森へいちごを摘みに出かけた日でした。
リゼットが夢中でいちごを摘んでいると、
突然、大きなクロクマが現れたのです。
リゼットはもう息が止まりそうでした。
でも、クマが狙ったのはリゼットでは
ありませんでした。
あぶく坊やの家族だったのです。

母さんイノシシは
足をふんばって身がまえました。
クマは立ち上がり、母さんイノシシに
じりじりと寄っていきます。
母さんイノシシが、クマの前足に
かみつきました。
ところがクマはびくともせず、
イノシシをなぐり倒し、
横っぱらを爪で裂きました。
リゼットはもう怖くて怖くて、
それ以上見ることができません。
家に向かって夢中で走りました。

「父さん大変、クマとイノシシが闘ってる！」
リゼットとお父さんが森へ入って行くと、
ハゲタカが飛んでいました。
そしてその下には、喰いちらかされた
イノシシ家族の死骸がありました。

　ワン、ワン、ワン、ワン

イヌが吠える草むらを見ると、口のまわりを
泡だらけにしたイノシシの子が1匹、
小さな声でキーキーと鳴いています。
「父さん、あのイノシシたちがいなければ、
私が襲われていたかもしれないわ。
この子をうちに連れて帰ってもいい？」

リゼットは助けたイノシシの子に、
「あぶく坊や」という名前をつけてかわいがりました。
あぶく坊やもリゼットになつきました。
庭で子ヒツジと遊ぶようにもなりました。
ピィーッとリゼットが口笛を吹くと、あぶく坊やはすぐに
飛んできて、背中をゴシゴシとかいてもらいます。
リゼットが靴磨きを始めると、前足をつきだして
爪を黒く塗ってもらうのも大好きでした。

ある日のこと、
あぶく坊やが
子ヒツジの背中に
頭をのせて寝ていると、
ごちそうの匂いを
どうかぎつけたのか、
突然あのクロクマが
やってきました。

メリメリメリッと柵を壊して、
クマが中へ入ってきました。
あぶく坊やは飛び起きて逃げましたが、
子ヒツジはクマの一撃で殺されました。
物音に驚いて出て来た家の人たちは、
クマが逃げていく姿を見て叫びました。
「大変だ！
クマが子ヒツジをさらっていくぞ」
銃を持った人々が、
すぐにクマを追いかけました。

でも、追跡は失敗に終わりました。
川を渡って逃げるクマを、人もイヌも
追いかけることができなかったのです。
リゼットは、あぶく坊やをさがしました。
沼地のほとりで、ピーッと口笛を吹くと、
すぐにブーブーという鳴き声がして
泥だらけのあぶく坊やが出てきました。
「生きていてよかった」
リゼットはあぶく坊やの背中を
ゴシゴシとかいてやりました。

10月になってもまだまだ暑い日が続き、
リゼットは川へ泳ぎに行きました。
川の砂地で体をのばし、
太陽の光をあびるのはいい気持ちです。
ところが、泳ぎ疲れて岸にあがろうとしたとき、
恐ろしい光景が目に入りました。
「キャーッ!」
縞模様の大きなガラガラヘビが、リゼットの
洋服の上でとぐろを巻いていたのです。

「どうしよう、どうしよう」
リゼットは震えながら口笛を吹きました。
あたりはしーーんと静かで、
お日さまがじりじりと照りつけるばかり。
時間が止まったように感じられました。
そのときです。
岸辺の草がガサリと音をたてて、
あぶく坊やが顔を出しました。
いつものように、
トットットッと近寄ってきます。

ガラガラヘビが、
ガラガラッと音をたてました。
ヘビが怒ったときに出す音です。
あぶく坊やはびくっとして
後ろに下がりました。
あぶく坊やの背中の毛が逆立ち、
両あごがスパッスパッと
音をたてました。
そして、今まで聞いたこともない
低い唸り声をあげました。

あぶく坊やはじりじりと
ガラガラヘビに近づいていきます。
ガラガラヘビが鎌首を持ち上げ、
口からチロチロと舌を出しました。
リゼットは胸がドキドキして動くことができません。
あぶく坊やが、ブフッ、ブフッと息を荒らげ、
足の爪で小石を飛ばしました。

突然ガラガラヘビが、1本の槍のように
体を伸ばし、あぶく坊やに飛びかかりました。
グラッ、あぶく坊やがうめきます。
ほほに血がにじんできました。
でも、あぶく坊やも負けてはいません。
ものすごい勢いでガラガラヘビに飛びかかり、
ひづめで頭を踏みつぶしました。

「ありがとう、あぶく坊や。
何てお礼を言ったらいいのかしら」
あぶく坊やはくるりと背中を向けました。
リゼットは、毛がいっぱい生えてきた背中を
ゴシゴシと、かいてやりました。

それから間もなくのこと、
あぶく坊やは突然リゼットの前から姿を消しました。

「あいつは森に帰ったんだよ。もう子どもではなくなったんだ」

お父さんがリゼットに言いました。

リゼットもうなずきました。

シートン動物記　上巻・解説

●オオカミ王ロボ

一八九二年、パリの芸術学校留学を終えてニューヨークへ戻ったシートンは、友人の父親に頼まれてオオカミ退治のためニューメキシコ州のカランポー高原へ出かけて行きます。その時の体験をもとに発表されたのがこの作品です。野生動物であるが故に人間社会と折り合えないオオカミのロボが、最後まで誇り高く人間に屈しない様が描かれて秀逸です。『私の知っている野生動物』（一八九八年出版）に収録されています。

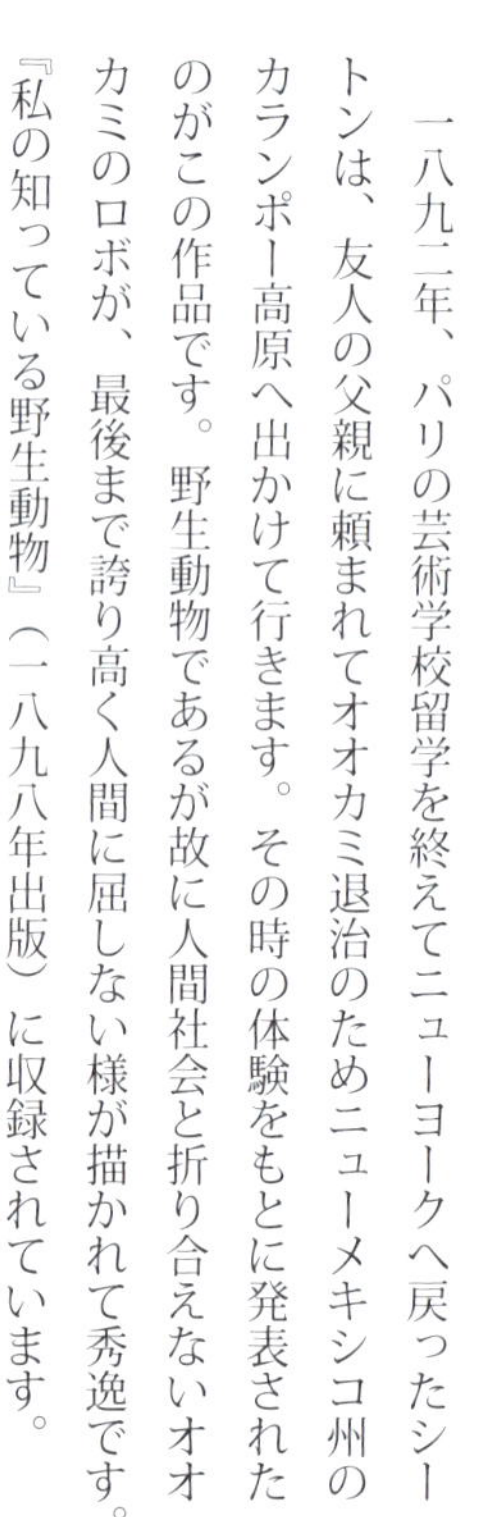

●アライグマのウエイ・アッチャ

物語の形をとっていますが、実際にシートンがアライグマの巣を見つけた事から丹念な調査と記録によってできあがった作品です。アライグマが足にインクをつけて家中に足跡をつける場面は、友人が経験した実話とのこと。物語の中でウエイ・アッチャは最後に両親のもとへ帰りますが、動物はみなその生き方を両親から教えられることを象徴しています。『野生動物の生態』（一九一六年出版）に収録されています。

●栗毛の子馬

コーリー・ベイの生き方は賛否両論あるかもしれませんが、自分の信念をまげず闘い抜き、目的を達成するという強い思いに感動します。最

後の成り行きにほっと肩の力を抜く読者も多いのではないでしょうか。実はコーリー・ベイが最後に鉄砲で撃たれる場所にシートンもいたとのこと。何とかして逃げられないかと願っていたそうですから、シートンの祈りが通じたのでしょう。『野生動物の生態』に収録されています。

銀ギツネ物語

このお話が出版されたのは一九〇九年で、当時は銀ギツネの毛皮が赤ギツネの毛皮に比べて百倍以上も高く売れた時代だったようです。またこのお話は娘のアンによく聞かせたとも伝えられており、その影響が強かったのか、アンは成人して作家になっています。この作品は長編なので、ドミノの冒険は多岐にわたりますが、キツネの一夫一婦制の気高さを中心にお伝えしました。

あぶく坊や

この本では主人公をイノシシとしましたが、野生化した野ブタと記載されている書もあります。他のお話同様、登場する動物やヘビの習性がよく観察されています。クマとイノシシの戦いの部分は、実際にそれを見た人からの伝聞だそうです。この話には続きがあり、あぶく坊やは少女リゼットと別れた後、因縁のクロクマと壮絶な戦いをしなければなりません。『野生動物の生態』に収録されています。

あとがき

この五つの物語はアーネスト・トンプソン・シートンによって書かれましたが、シートンは一八六〇年にイギリスのサウスシールズという港町で生まれています。シートンは11番目の子どもでした。

両親は、父方の先祖でオオカミ狩りの名人だったエバン・キャメロンにあやかって、シートンの幼名をエバンとつけたそうで、これがシートンをオオカミと結びつける大きな原因になったとも言われています。

シートン一家は父親の事業の失敗により、イギリスからカナダのオンタリオ州に引っ越して農場生活を始めます。シートンはここで自然のしくみや生き物のことを観察し学ぶ環境を得、動物の飼育や絵をたしなむ少年期を過ごしました。やがて名門トロント大学付属高校に入学するも体をこわして療養生活を送り、美術学校で絵の勉強を始めますが、シートンの描く絵と生物の観察記録は高い評価を受けるようになり、アメリカを代表する動物学者クリントン・メリアム博士の論文にも精密な動物画を描き名声を博します。

その後兄の農場を手伝いながらシートンはよりいっそう動物の調査・研究に没

頭し、一八九八年に代表作「オオカミ王ロボ」を含む『私の知っている野生動物』を出版します。

シートンの作品はただの記録や研究書ではなく、文学であるところにその特徴があります。生き物の生態を正しく調査、記録するだけではなく、生命ある者たちのリアルな生活を平易で日常的な言葉に置き換え、人間と動物がもっている共通の心情を伝えようとしています。あるいは人間と相容れない野生動物の所業を敬意の眼差しで見つめています。

私たちがシートンの作品を読んで感動するのは、こういった動物たちの生きる環境の過酷さと凄まじい生への執着心に、圧倒されるからではないでしょうか。

一九四六年、八六年の生涯を終えるまで、シートンは動物文学者、博物学者、画家、そして自然環境保護者としての人生をまっしぐらに歩みました。

本書はシートン作品の全訳ではありません。言葉にできなかった部分が多々あり残念ですが、この五つの物語でシートンの思想や動物たちの生き様、人間と動物の共存精神などを、少しでも皆様にお伝えできたとしたら、筆者としてこの上なく幸せに思います。

正岡慧子

ビジュアル特別版
シートン動物記 上巻

発行日　２０１８年４月１日　初版第１刷発行
２０２４年７月15日　第７刷発行

原作／アーネスト・T・シートン
文／正岡慧子
絵／木村 修
発行者／岸 達朗
発行／株式会社世界文化社
〒１０２-８１８７
東京都千代田区九段北四-二-二十九
電話　０３-３２６２-５１１８（編集部）
０３-３２６２-５１１５（販売部）
印刷・製本／株式会社リーブルテック

ISBN978-4-418-18808-6

本の内容に関するお問い合わせは、
以下の問い合わせフォームにお寄せください。
https://x.gd/ydsUz